# 一日貓熊

文 · 大塚健太　圖 · 日下美奈子　譯 · 劉握瑜

這個動物園的明星動物是貓熊，貓熊以外的動物，總是感到無聊。虎太郎也不例外。

「啊——又是閒閒沒事做的一天。」

因為都沒有遊客過來，
虎太郎乾脆躺著打發時間。

就在這個時候，保育員跑了過來。
「大事不好啦！」

「貓熊感冒了，
能不能拜託你今天當一日貓熊呢？」

「什麼？我來當貓熊嗎？」
虎太郎驚訝的說。

「求求你了，沒有貓熊的話，
遊客都要跑光啦。」

「就算你拜託我……
我也扮不來貓熊啊。」

「穿上這個，
扮演貓熊就沒問題了！」

「什麼！」

真是沒辦法，
誰叫貓熊是我們動物園裡
最受歡迎的動物呢？

可是，
怎麼覺得醜醜的……

虎太郎走到外頭，
看見貓熊館前擠滿了遊客。

看到這個景象，
虎太郎不由得躍躍欲試。
「呵呵呵，第一次有這麼多人來
看我耶！」

哼ㄒㄧ又

「好可愛喔！」
「再過來一一點嘛一一」

遊客很開心，
虎太郎也很高興。

一一旁ㄆㄤ的ㄉㄜ保ㄅㄠ育ㄩˋ員ㄩㄢˊ鬆ㄙㄨㄥ了ㄌㄜ
一一口ㄎㄡˇ氣ㄑㄧˋ。

就ㄐㄧㄡˋ在ㄗㄞˋ這ㄓㄜˋ個ㄍㄜˋ時ㄕˊ候ㄏㄡˋ……

虎ㄏㄨˇ太ㄊㄞˋ郎ㄌㄤˊ腳ㄐㄧㄠˇ一ㄧ滑ㄏㄨㄚˊ，從ㄘㄨㄥˊ樹ㄕㄨˋ上ㄕㄤ摔ㄕㄨㄞ下ㄒㄧㄚˋ來ㄌㄞˊ，
頭ㄊㄡˊ上ㄕㄤˋ的ㄉㄜ˙貓ㄇㄠ熊ㄒㄩㄥˊ頭ㄊㄡˊ套ㄊㄠˋ

啪ㄆㄚ的ㄉㄜ˙一ㄧˋ聲ㄕㄥ，掉ㄉㄧㄠˋ了ㄌㄜ˙。

啊Y……

「什麼！竟然是老虎……」
「又不是貓熊。走吧！走吧！」
遊客們都好失望。

「什麼嘛！
是老虎，有什麼錯嗎？」

咚ㄉㄨㄥ……

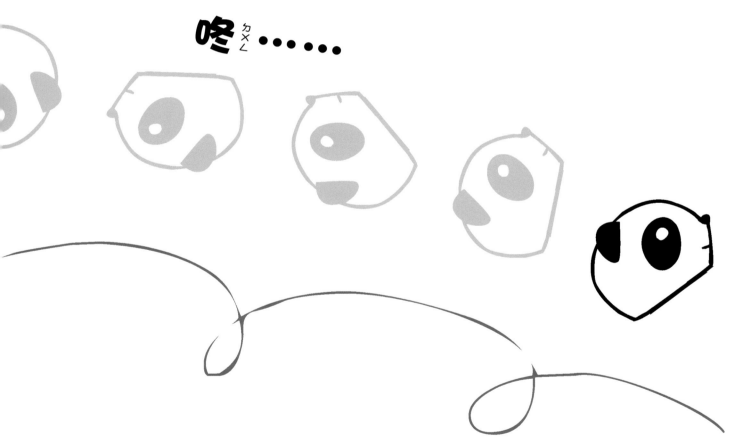

「太厲害了！」
「我第一次見到這麼會踢足球的老虎！」
遊客們停下腳步，
開心的歡呼著。

老虎！

老虎！　　　　老虎！

虎太郎隨著歡呼聲的節奏，
靈活的踢著球。
「能讓大家開心的話，
要我踢多久都沒問題！」

虎太郎也成了
動物園裡的大明星。

現在，
動物園裡的明星動物是
貓熊和老虎。
貓熊和老虎以外的動物
還是感到很無聊。

「不好啦！老虎感冒了！」

## 文｜大塚健太

生於日本埼玉縣，除了創作繪本與紙芝居故事，也會寫劇本。並以本書入選第十四屆 PinPoint 繪本大賽。
個人網站：http://otsukakenta.com

## 圖｜日下美奈子

生於日本宮城縣，畢業於上智大學英文系。有多本繪本作品，喜歡貓咪和旅行，有時也會舉辦兒童工作坊
等活動。個人網站：http://kusakaminako.com

繪本 0268

# 貓熊值日生 一日貓熊

作者｜大塚健太
繪者｜日下美奈子
譯者｜劉握瑜

責任編輯｜李寧紜
美術設計｜王瑋薇
行銷企劃｜劉盈萱

發行人｜殷允芃
創辦人兼執行長｜何琦瑜
副總經理｜林彥傑
總監｜黃雅妮
版權專員｜何晨瑋、黃微真

出版者｜親子天下股份有限公司
地址｜臺北市 104 建國北路一段 96 號 4 樓
電話｜（02）2509-2800
傳真｜（02）2509-2462
網址｜www.parenting.com.tw
讀者服務專線｜（02）2662-0332　週一～週五：09:00~17:30
傳真｜（02）2662-6048　客服信箱｜bill@cw.com.tw
法律顧問｜台英國際商務法律事務所‧羅明通律師
總經銷｜大和圖書有限公司　電話｜（02）8990-2588

出版日期｜ 2021 年 4 月第一版第一次印行

定價｜ 300 元
書號｜ BKKP0268P
ISBN ｜ 978-957-503-854-0（精裝）

訂購服務
親子天下 Shopping | shopping.parenting.com.tw
海外‧大量訂購 | parenting@cw.com.tw
書香花園 | 台北市建國北路二段 6 巷 11 號　電話｜（02）2506-1635
劃撥帳號 | 50331356　親子天下股份有限公司

國家圖書館出版品預行編目資料

一日貓熊／大塚健太 文；日下美奈子 圖；劉握瑜 譯.
-- 第一版. -- 臺北市：親子天下股份有限公司, 2021.04
面；公分. -- （繪本；268）
注音版
ISBN 978-957-503-854-0（精裝）
861.599　　　　　　　　　　　　　　110001013

ICHINICHI PANDA
Text by Kenta OTSUKA
Illustration by Minako KUSAKA
© 2016 Kenta OTSUKA, Minako KUSAKA
All rights reserved.
Original Japanese edition published by SHOGAKUKAN.
Traditional Chinese (in complex characters) translation rights
arranged with SHOGAKUKAN, through Bardon-Chinese Media
Agency.
裝丁 Takahashi Design Room

立即購買 >